漆黒の宙《そら》と青き地球《ほし》

―― 永久《とわ》の命の詩

鈴木孝夫詩集

竹林館

はじめに

私は、五十代から体調を崩し、人生を考え、そして、与えられた時に感謝し、己のできることに挑戦しようと考えたとき、当時、宇宙から捉えられた漆黒に浮かぶ青き星、地球に感動しました。

以来、青き星のテーマで書き始め、盟友九州男児の生き様に共鳴した小説を挟み、四冊出版してきましたが、七十代に入り、此処に宇宙と己の生命の関連を考え、謳いあげました。最後の愚作でありますので、読者の皆様には衷心より感謝申しあげ、ご書評いただければ幸甚です。

目次

漆黒の宙《そら》と青き地球《ほし》——永久《とわ》の命の詩

プロローグ　生命の夜明け

宇宙は生きてる　青き星も生きてる
私も生きてる　生きているから動く
宇宙は死ぬか　否　永久《とわ》に生死を供与
躍動する　大いなる　生命体
我が命も　青き星も　命育む太陽も
命運尽きれば　漆黒の宙《そら》に溶け
神仏の魂は　尊厳なる生命　終えた時

生き様に応じ　因果応報の宙《そら》に旅立つ
　命を冒とく　傷つけたか
　　産みの親に　感謝で生きたか
　　　慈愛の命で　価値創造したか
己の魂に　生き様全て刻印　死後の宙《そら》へ
宇宙のダイナミズム　因果で流転し躍動
結果　岩石噴火の世界か

草木に宿り　自然の創生《そうせい》か
　胎内に宿り　新たなる命か
漆黒の宙《そら》　生死《しょうじ》共に律動よみがえる
ダイナミックな　因果のリズムで
新時代　生命尊厳の　新たなる夜明け

青き星とユートピア

漆黒に浮かぶ　小粒な惑星　青き地球《ほし》
南北の極地は　ペンギン　クジラの楽園
中央は灼熱　ラクダ行き交う　赤道砂漠
大陸の端《はし》　大海に浮かぶ　細長い島国

春は桜が北上　秋は錦繍《きんしゅう》が南下
冬は秀麗《しゅうれい》な峰々　白銀が包む
夏は心身を開放　渚のカーニバル

青き星　生命は無限　いのち輝く天国
私はカブトガニ　太古から二億年
魅惑《みわく》の恐竜　化石残し消滅《しょうめつ》
私は変わらず　自然と共に二億年
干潟の海で生き　新参者の人類は
生きた化石と呼ぶ　人間わずか一万年
殺し合う　精神の化石　進歩無し

科学文明は進歩　居住は摩天楼
人は天空を飛び　瞬時にネットで交流
全てハイテク　ビックリポンと兜脱ぐ
欲望の赴くまま　革新の文化　幸せか
利那に生き　慈悲や慈愛は　化石化
権勢拡大と　経済に汲々　貧富の差別
人道の悲劇　命の尊厳　片隅に忘れ

人類の翼　貴方は何処へ　宙《そら》の彼方か
生きた化石　硬い甲羅に収め　呟いた
貴方は　神の子仏の子　宇宙の分身
未《いま》だ見ず聞かず　地球外のユートピア

命の母と希望

生物は　本能のまま　生きている
人類は　全て飲み干し　革新続け
飽くなき欲望　果てし無い闘争
そもそも　人は何の為　生きるか
人類の原点に　帰ろう　母なる海
母なる大地　歴史の重み　四十六億年
命の誕生　奇跡のドラマ　希望の生命

縁あり　今あり　我が命に感謝

母の愛深し分身の命　十月胎内に宿し

苦労困難　新たな生命誕生　苦と希望

君の命　君のもの　青き大気　胸に吸い

限られた時空　希望と確信　情熱の炎

努力と精進　報《むく》われる因果　過不足無し

リアリティーから　一歩前進の創造

漆黒の宙《そら》　無限の命のダイナミズム
君の細胞三十七兆　躍動する小さな宇宙
君の思考は無辺　行動は着実で地道
希望のロマン　諦めない信念と努力
私は忘れない　原点と母の祈り
時空を越え　音も無く色も無く　届く
漆黒の宙　総て包み解き放つ　大宇宙

悪夢の終焉

私は見た　無惨で凄惨な　現実的悪夢を
首は飛び　内臓は破裂し　手足もげ飛び
辺り一面　死体と肉片と　血の海の惨劇
泣き叫ぶ　悲鳴と恐怖で　思わず目覚め
冷や汗に　現実に戻って　ホットし安堵
新聞開け　度重なる悲劇　テロの報道だ
自爆テロ　何と虚しい事　家族の悲しみ

自他共に　尊き命の非業　終生尽きぬ悲《ひ》
今思えば　七十余年程前　民族主義の下
世界中が　悲惨な戦争で　命を無くした
終わりは　究極の核爆弾　都市を壊滅し
老若男女　熱風で溶けた　死の灰を残し
極悪の核　開発と保有は　エゴで止まず
無差別な　テロや核兵器　進歩とは逆行

人間退化　人の不信我欲　魔性の餌食だ
人類は今　悪夢を終焉し　共生の楽土へ
新たなる　生命尊厳の旅　希望と勇気で
煌く命は　青き星の輝き　人々の笑顔だ
希望の夢　全てが持てる　安心の新時代

命の詩　欲望と善根

人は泣いたり　笑ったり
　変わった動物
ハチやアリは　女王の下
　一糸乱れぬ　集団生活
サバンナの獅子は　一夫多妻
　弱肉強食の世界
生き物の世界は　様々

人間は一夫一妻で　生きるなか
喜怒哀楽　欲望と善根が渦巻き葛藤
時にはぶつかる　人は不思議な動物
進歩した頭脳でも　一点が見えず
悩み苦しむ
自他共の　生命尊重
幸せを説く　宗教

迷った時は　無邪気な赤ちゃん
皆と無心に遊んだ　幼き頃の
原点に帰ろう　人は何の為に
生まれたか　親の恩や生を受けた
　青き星に感謝し
何があっても　希望をつなぎ
　明るく生きよう　人と絆深め

古代人の願望

宇宙から　人工衛星でのぞくと
青き星が　暗い宙《そら》に輝いて浮き
赤道近く　砂漠にピラッミド
太陽に輝き　天空を切り裂く
荘厳な姿　釈迦キリスト以前
古代人は　どんな夢を見たのか
今は幻と　五千年朽ち果てず

エジプトの　ナイルに遺構残し
古代の魂　神秘な宇宙に届けと
　願望は　永遠なる生命
日本でも　縄文のビーナス発掘
静かな山村　古代人の集落跡
地中深く　穏やかに眠っていた
儀式で壊され　奇跡的に土偶現れ

宝となった　美しいビーナス像
可愛い乳　ふくらんだ胎児抱き
でっぷり　ポッチャリのお尻
その土偶　伝えるメッセージは
命の尊さ　生命の希望と美しさ

エピローグ　調和の宇宙

宇宙って　不思議だな
どんな顔　しているだろう
わからないから　面白そう
想像したら　えがいてみよう
豊かな気持ちで　のびのびと
自分は自分らしく　ゆかいに
オーソレ・ミヨ《太陽の私》　ラ・ラ・ラ・ラ

夜空に輝く　星々のように
真昼の太陽　キラキラ　ギラギラ
川の流れ石を丸め　時の流れ
トゲトゲ・ギスギスした　この世界
百年千年淘汰し　丸く削る
宇宙は調和　星々のワンダーランド
自然と共に　心豊かに楽しい命

ピョン・ピョン心弾ませ　夢に向かう
人と生まれ　大事な命　大切な時
奇跡の人生　ラッキーラッキー
明日に向かい　夢抱き生きよう
未来世まで絆深め　命の尊厳謳おう

おわりに

世界桂冠詩人であり、民衆詩人の池田大作先生に感謝申しあげるとともに、家族や出版社竹林館の皆様にたいへんお世話になり、此処に衷心より御礼申しあげます。

更に、今日までお付き合いいただいた、読者の皆様には、涙・涙でございます。紙面にて失礼かと存じますが、おわりのご挨拶とさせていただきます。本当にありがとうございました。

２０１６年　吉日

鈴木孝夫

著者　略歴

名古屋市東区矢場町　昭和一九年一月誕生
名古屋市筒井小学校　昭和三一年三月卒業
名古屋市鳴海中学校　昭和三四年三月卒業
名古屋工業高校　昭和三七年三月卒業
基礎地盤コンサルタント　昭和三七年四月入社
㈱　タツノ　昭和四五年九月入社
日東建工㈱　昭和五六年一月入社
身体障害者一級　平成一七年一二月認定
学会中部文芸部部員　平成二一年一二月

処女作『通史　青き星の欲望』　平成二一年五月㈱竹林館刊
第二作『通史Ⅱ　青き星の輝き』平成二四年一月㈱竹林館刊
第三作『幻の大殿堂と男の田原坂』平成二六年一月㈱竹林館刊
第四作『青き星の渚―奇跡の地球《ほし》と人の謳《うた》』平成二六年一〇月㈱竹林館刊

ポエム・ポシェット 35　鈴木孝夫詩集

漆黒の宙《そら》と青き地球《ほし》 — 永久《とわ》の命の詩

2016 年 10 月 12 日　第 1 刷発行
著　者　鈴木孝夫
発行人　左子真由美
発行所　㈱ 竹林館
〒 530-0044 大阪市北区東天満 2-9-4 千代田ビル東館 7 階 FG
Tel 06-4801-6111　Fax 06-4801-6112　郵便振替 00980-9-44593
URL http://www.chikurinkan.co.jp
印刷・製本　㈱ 国際印刷出版研究所
〒 551-0002　大阪市大正区三軒家東 3-11-34

ISBN978-4-86000-348-7　C0192